AF360319

DISCOURS

PRONONCÉ

A LA SÉANCE PUBLIQUE

DE L'ACADÉMIE DES SCIENCES,

BELLES-LETTRES ET ARTS D'AMIENS,

Le 25 Août 1776;

PAR M. LAURENT DE LIONNE,

Directeur des Canaux de Picardie & de la Somme.

SUR L'UTILITÉ DE CES CANAUX.

Réimprimé avec des Notes en mil sept cent quatre-vingt-un.

A PARIS,

De l'Imprimerie de CAILLEAU, rue Saint-Severin,
vis-à-vis des murs de l'Église.

M. DCC. LXXXI.

Avec Approbation & Permission.

DISCOURS
PRONONCÉ

A la Séance publique de l'Académie des Sciences, Belles-Lettres & Arts d'Amiens, le 25 Août 1776.

MESSIEURS,

JE ne me fais point illusion, & quelque vivement flatté que soit mon amour-propre, je ne me dissimule pas que je dois au nom que je porte l'honneur que je reçois aujourd'hui. L'homme illustre que j'ai remplacé dans ses emplois, & non dans ses talens, a toujours desiré vivement de les rendre utiles à cette Province. Son génie avoit déja rempli différentes Provinces de grands monumens (1), & il se préparoit à les surpasser par l'exécution du Canal de Picardie, quand la

---

(1) La navigation de la S C A R P E; le desséchement de 10,000 arpens d'excellens terrains situés aux rives droite & gauche de cette rivière, *& dont la valeur est actuellement de plus de six millions* ; les machines propres à l'exploitation des mines de C H A R B O N D E T E R R E du H A I N A U L T François ; le desséchement des mines de P O N T-P E A N & de C H A T E L L A U D R E N, en Bretagne; l'invention & l'exécution d'une machine pour lever & descendre la grille Poterne, à V A L E N C I E N N E S; l'invention & la construction de plusieurs écluses d'un nouveau genre sur L'E S C A U T & L A S C A R P E, le desséchement des inondations de C O N D É & V A L E N C I E N N E S, &c. &c. &c. &c. (*Voyez le Nécrologe des Hommes célèbres de* 1774.)

A 2

mort l'a furpris au milieu de fes travaux (1). Après les regrets dûs au fang & à l'amitié, celui qui affectoit le plus fon cœur, étoit de laiffer imparfait un monument deftiné à l'utilité du Royaume, & à mettre le comble à fa gloire. Ce fentiment lui fit envifager avec moins de fermeté la perte de la vie, & fes yeux prêts à fe fermer parcouroient encore avec un plaifir mêlé de douleur les plans de ce grand ouvrage.

Il eut du moins la confolation en mourant de laiffer l'exécution des Canaux de PICARDIE *à un homme de fon nom* (2), *& formé par fes leçons & fes exemples.* C'eft à ce titre, fans doute, que j'ai obtenu, plutôt que je n'ai mérité, une place parmi vous. En effet, tel a toujours été le privilége des hommes célèbres, dont le mérite perfonnel, en perpétuant leur nom dans les fiècles à venir, fert de recommandation auprès du fiècle préfent à ceux qui ont hérité de leur nom, & qui leur appartiennent. Je fuis donc moins confus de vos bontés & de la faveur dont vous m'honorez, lorfque je les regarde comme un tribut payé à la mémoire d'un Citoyen célèbre. Cependant, MESSIEURS, en rapportant aux mânes de M. LAURENT l'honneur que je reçois aujourd'hui, j'aime à me charger feul de la reconnoiffance, & je n'ai que le regret de ne pouvoir l'exprimer comme je la fens. Pour fuppléer à mon infuffifance, & pour vous parler d'objets dignes de cette Affemblée, qu'il me foit permis de vous entretenir quelques inftans des travaux commencés par M. LAURENT, & des différens objets d'utilité que leur exécution embraffe. Par ce

---

(1) Meffire *Pierre-Jofeph* LAURENT, *Ecuyer, Chevalier de l'Ordre du* ROI, *Directeur Général des Canaux de* PICARDIE, *de la* SOMME, *& de* BOURGOGNE, *& des navigations de* L'ESCAUT *& de la* SENSÉE, eft mort à Paris le 11 Octobre 1773, âgé de 59 ans ; il avoit commencé en 1768 l'exécution DU NOUVEAU CANAL DE PICARDIE, dont les travaux foûterrains ont été fufpendus en Avril 1775, *dix-huit mois après fa mort,* & peu de tems après que l'adminiftration de cet ouvrage a été réunie au Département de feu M. TRUDAINE fils.

(2) M. LAURENT DE LIONNE, neveu de M. LAURENT, *élevé fous fes yeux & par lui depuis l'âge de huit ans,* lui a fuccédé dans la direction des Canaux de PICARDIE & de la SOMME, & des navigations de L'ESCAUT & de la SENSÉE.

(5)

récit simple, je suis bien plus sûr de vous intéresser que par l'expression
des sentimens dont vous ne doutez pas, & je devrai à la fois à M.
LAURENT, & votre bienfait, & le moyen de m'acquitter de la
reconnoissance qu'il m'inspire.

Il n'est personne de vous, MESSIEURS, qui ne connoisse
L'ANCIEN CANAL DE PICARDIE (1), exécuté en 1732 par
M. CROZAT, & *dont l'objet étoit de réunir la* SOMME *à* L'OISE,
qui communique elle-même à la SEINE. Ce Canal, qui commence à
SAINT-QUENTIN, longe les marais de la Somme jusques à
ARTHEM, *où est le point de partage des eaux de cette rivière,* DONT
UNE PARTIE, après avoir fait tourner le moulin D'ARTHEM, rentre
dans son lit, & est portée par sa pente naturelle à la mer, ET
L'AUTRE, passant par les écluses de PONT, JUSSY, *où on a été
obligé de couper un monticule de plus de 50 pieds d'élévation,* VOYAUX,
FARGNIERS, TERGNY, VIRY & SENICOURT, nourrit le Canal de
Picardie sur une étendue de sept lieues, *& se réunit à* L'OISE *vis-
à-vis de* CHAUNY, après avoir arrosé une branche, qui, se dirigeant
du bas des écluses de FARGNIERS vers LA FÈRE, porte jusqu'au
Fauxbourg de cette Ville les bateaux qui y sont destinés.

Quelqu'importante que fut déja cette navigation pour une partie de
la Picardie, par la communication qu'elle lui facilitoit avec PARIS
pour l'exportation de ses denrées & matériaux superflus, & pour l'importation de ceux dont elle manquoit ; quelque rapprochée même
que fut cette communication des navigations de la Flandres, *l'expérience des dernières guerres,* & les représentations des différentes ad-
ministrations du CAMBRESIS, du HAINAULT & DE LA FLANDRES
MARITIME, firent naître le désir de joindre les navigations de ces
Provinces avec celles de l'intérieur, & de les rendre communes *en
réunissant la* SOMME *à* L'ESCAUT.

LA PREMIÈRE de ces deux rivières prend sa source *à deux lieues
au-dessus de* SAINT-QUENTIN, & communique déja, comme on

ANCIEN CANAL
DE PICARDIE,
exécuté par M.
Crozat.

Voyez la Carte
jointe à ce Dis-
cours.

____

(1) Ce Canal a été acheté en 1767 par le ROI, & réuni au Domaine de
SA MAJESTÉ.

vient de le dire , avec L'OISE , par le Canal *appellé communément de la FÈRE.*

LA SECONDE , prend sa source *auprès de l'Abbaye du MONT SAINT-MARTIN,* à 1000 toises environ au dessus du CATELET, passe par CAMBRAY, BOUCHAIN, où elle reçoit la Sensée (1), VALENCIENNES, où elle commence seulement à être navigable (2); CONDÉ, MORTAGNE, *où elle reçoit la Scarpe venant d'Arras & Douay ;* TOURNAY, GAND (3), *& se jette dans la mer à* ANVERS.

UTILITÉ du nouveau Canal de Picardie pour le COMMERCE.

Sous quelque point de vue qu'on considérât la réunion de ces deux rivières, elle présentoit à SA MAJESTÉ & à ses Sujets des avantages immenses, & de nature à dédommager en très-peu de tems de la dépense que l'exécution de cet ouvrage exigeoit. Tout le monde sait que le commerce de la HOLLANDE & du NORD avec PARIS & tout le Royaume se fait actuellement par la mer (4), jusques aux Ports, d'où on est obligé ensuite OU *à transporter à grands frais par*

---

(1) On a déja commencé les travaux nécessaires pour rendre cette rivière navigable, *& établir par l'intérieur du pays une communication plus courte de* 12 *lieues* environ entre VALENCIENNES, DOUAY & toute la Flandres, en évitant le circuit que font actuellement les bateaux, qui, pour aller de cette première Ville à la seconde, font obligés de descendre jusques à MORTAGNE par L'ESCAUT, *dont une rive seulement appartient à la France,* & de remonter ensuite la SCARPE jusques à DOUAY.

(2) Au moyen des travaux exécutés sur l'Escaut par feu M. LAURENT & M. LAURENT DE LIONNE, *les bateaux pourront arriver en* 1781 *à* CAMBRAY, *distant de 8 lieues seulement de* SAINT-QUENTIN, *où commence le Canal de jonction de la* SOMME *à* L'OISE, *connu sous le nom de* LA FÈRE.

(3) Outre cette communication avec la mer par l'Escaut, GAND en a une autre non moins avantageuse par le superbe Canal qui va de cette Ville à BRUGES & OSTENDE.

(4) Cette voie quelquefois très courte, mais que les vents contraires rendent aussi souvent très-longue, *offre toujours au commerce des incertitudes & des inquiétudes,* surtout en tems de guerre, où le fret d'ailleurs, & l'assurance de toutes les marchandises venant du Nord en France, ou allant de la France dans le Nord, coûtent beaucoup plus que le transport qui se feroit de ces mêmes marchandises, *à jours nommés,* par les canaux & rivières de l'intérieur du Royaume, si le Canal de Picardie étoit exécuté.

terre, OU *à remonter avec beaucoup de difficultés les rivières pour péné-trer dans l'intérieur.* L'exécution du Canal de Picardie fera difparoître tous ces inconvéniens, en établiffant une nouvelle navigation plus courte, auffi facile, *infiniment plus fûre & moins difpendieufe* par l'in-térieur du Royaume. Indépendamment des branches du commerce de la HOLLANDE, de la SUEDE, de la RUSSIE, du DANNEMARCK, & de tout le NORD enfin que cette communication intéreffe, la FLANDRES, le BRABANT, le HAINAULT & la PICARDIE, doivent en retirer des avantages immenfes. Les *fers*, les *plombs*, les *huiles de colzat*, les *marbres*, les *charbons* de terre, les *chanvres*, les *cendres d'engrais*, les *avoines* & les *bleds* qui fe tranfportent actuellement de ces Provinces à PARIS par terre, les *plâtres*, les *vins*, les *huiles de Provence*, & tous les autres objets de commerce qui fe tranfportent de la BOURGOGNE, de PARIS & du refte du Royaume dans ces mêmes Provinces (1), y arriveront dorénavant par eau & avec très-peu de dépenfe.

Outre tous ces avantages intéreffans pour le Public, auxquels fe joignent beaucoup d'autres qu'il feroit trop long de détailler, il en doit réfulter auffi pour le fervice particulier de SA MAJESTÉ, d'infiniment précieux, *fur-tout en tems de guerre.*

MM. les Intendans de FLANDRES, de PICARDIE & du SOISSONNOIS, peuvent mieux que perfonne rendre compte de l'état malheureux de leurs Provinces, pendant les dernières guerres, où, dans le moment le plus preffant pour l'agriculture, on obligeoit les gens de la campagne à mener à corvée par des chemins impratica-

Voyez la Carte à la fin du Dif-cours.

UTILITÉ pour le ROI & L'ÉTAT.

---

(1) D'après le relevé exact pris dans les Bureaux des Fermes à PÉRONNE & SAINT-QUENTIN, des EXPORTATIONS qui fe font par terre en tems de paix, des FLANDRES françoife & Autrichienne, de l'ARTOIS, du HAINAUT, & du BRABANT, en FRANCE, & réciproquement des IMPORTATIONS qui s'y font de la FRANCE, elles s'élèvent tous les ans pour l'objet du commerce feulement, & y compris les CHARBONS de terre, *à près de* 800,000 *quintaux, dans les tranf-ports defquels le Public trouveroit un bénéfice de* 1200,000 *livres au moins, fi la jonction de la Somme à l'Efcaut étoit exécutée.*

bles , les FOURAGES , les VIVRES & les MUNITIONS néceſſaires à l'approviſionnement de l'armée qui étoit alors en FLANDRES. *Les campagnes étoient déſolées , le ſervice ſe faiſoit mal ,* & deux années de paix ont à peine ſuffi pour réparer les maux que ces Provinces avoient eſſuyé par la perte de leurs récoltes , de leurs chevaux , & l'impoſſibilité de ſuivre l'exploitation de leurs terres. La jonction de la Somme à l'Eſcaut exécutée , on fera à CHAUNY , la FÈRE , NOYON , & dans tout l'intérieur de la PICARDIE & du SOISSONNOIS , ſans bruit (1) & ſans écraſer les Provinces , les approviſionnemens dont on aura beſoin ; on les fera arriver de même auſſi tôt qu'on le deſirera à leur deſtination , & ils feront d'autant plus utiles , qu'ils feront aſſurés , & que ni les intempéries de l'air , ni la miſere des Conducteurs ne pourront en retarder l'arrivée.

Mais , MESSIEURS , étendons nos vues encore plus loin ; il peut arriver qu'on ait à porter des ſecours en Bretagne ou en Normandie , *que les ennemis ſoient maîtres de la Manche , que de ces ſecours depende le ſort d'une affaire ou d'un ſiége , que les ports de l'Océan enfin manquent d'approviſionnemens & de munitions , & qu'il ſoit impoſſible ou au moins dangereux* (2) *, & par conſéquent très-coûteux , d'y conduire par la* MANCHE

---

(1) Les tranſports par terre ont entr'autres inconvéniens , celui d'exiger qu'on les commence ſouvent 3 & 4 mois avant le moment où on en a beſoin , à cauſe de l'impoſſibilité de faire partir en même tems juſques à 5 & 6000 voitures , & *inſtruiſent néceſſairement l'ennemi de la marche qu'on ſe propoſe de tenir ;* EN TRANSPORTANT PAR EAU AU CONTRAIRE & *raſſemblant un nombre de bateaux ſuffiſant , on à l'avantage de pouvoir faire partir & arriver au même moment la totalité des approviſionnemens dont on a beſoin , & de laiſſer ignorer juſqu'à cet inſtant leur véritable deſtination.*

(2) L'expérience a confirmé depuis la guerre ce que M. LAURENT DE LIONNE *conjecturoit en* 1776. *Tout le monde ſait que la flotte du contre-Amiral Comte de Byland , chargée de munitions navales pour les ports de France , a été interceptée en Décembre* 1779 *par le Commodore Fielling. Cette perte , évaluée environ 2 millions pour les Particuliers , eſt incalculable pour l'État , qu'elle privoit des moyens d'augmenter ſes forces , tandis qu'elle ajoutoit à celles de l'Ennemi. Si* ON AJOUTE A CETTE PERTE *celle de différens autres bâtimens venant de la Hollande , de la Ruſſie , &c. , & chargés pour des ports de France ,* AINSI *que le montant des aſſurances , que le*

celles

celles qu'on tire du NORD , il fera très-facile, au moyen de la jonction Voyez la Carte
de la Somme à l'Efcaut, de tranfporter *à très-peu de frais* (1) , par *idem.*
l'intérieur du Royaume, D'AMSTERDAM , D'OSTENDE , D'ANVERS ,
LILLE , DOUAY , VALENCIENNES , &c. tout ce dont on aura befoin
dans ces Provinces (2), ainfi que dans les Ports qui y font fitués.

On peut ajouter enfin à ces avantages, ceux qui réfulteroient en
paix comme en guerre, d'une communication facile entre les Arfenaux de la Fère & de Douay , *& fi le Canal de* BOURGOGNE *étoit* Voyez la Carte
exécuté , de la communication de ces mêmes Arfenaux, de toute la *idem.*
FLANDRES & de la HOLLANDE , avec la BOURGOGNE , le
DAUPHINÉ , la PROVENCE , le LANGUEDOC , & les Ports
de la MÉDITERANNÉE (3).

Tels étoient, MESSIEURS , les avantages qu'on devoit fe pro-
mettre de retirer DE LA JONCTION de la SOMME à L'ESCAUT , tels
étoient les différens objets d'utilité publique & particulière (4) que
l'exécution de ce projet réuniffoit.

---

commerce & le Roi ont été obligés de payer aux Puiffances neutres pour tout ce qui eft
venu du Nord depuis le commencement des hoftilités, & les fommes immenfes enfin
qu'on a déja employées pour transporter par terre *les fers* , *les boulets de canon* , *les bombes* ,
les affuts , *les* CHANVRES , *les* CUIVRES , *les* MATURES , *& toutes les munitions
qu'on a tirées* , *foit de la* HOLLANDE *& du* NORD , *foit des arfénaux & forges de la
Flandres* , *pour les ports & côtes de* BRETAGNE *& de* NORMANDIE , ON VERRA
que l'inexécution du Canal de Picardie , *qui peut être achevé avec* 2400,000 *livres* , *a
déja coûté plus de* 5 *millions tant au Roi qu'à fes Sujets.*

(1) Si le Canal de Picardie étoit exécuté, il n'en coûteroit pas 5 livres de transport
par quintal D'OSTENDE à NANTES , en paffant par les navigations de l'intérieur
du Royaume.

(2) En NORMANDIE , par le Canal de Picardie , l'Oife & la Seine ; en BRETAGNE ,
par ces deux mêmes rivières, le Canal d'Orléans & la Loire.

(3) Par l'Efcaut, *les Canaux de Picardie* , l'Oife , la Seine , l'Yonne , l'Arman-
çon , le Canal de Bourgogne , l'Ouche , la Saone & le Rhône.

(4) Pour achever de convaincre fur l'utilité du Canal de Picardie, on pourroit citer
l'opinion qu'en conçut, dès le premier coup-d'œil, M. PREVOST DE BELLINGE ,
Lieutenant Général au fervice de l'Angleterre , *& les réflexions qu'il ne put s'empêcher de
faire à ce fujet* , en préfence de M. le Duc & de Madame la Ducheffe de CUMBERLAND ,

C'eſt cette utilité reconnue qui engagea M. le Duc de Choiseul , *ce Miniſtre dont le nom ſeul rappelle l'idée du génie , & de toutes les qualités qui conſtituent l'Homme d'État , le grand Homme ,* à faire examiner , auſſi-tôt après la dernière guerre , la poſſibilité de cette entrepriſe ; il en confia le ſoin à M. L A U R E N T , que des travaux d'un pareil genre & des talens reconnus pour ces eſpèces d'opérations avoient déja rendu célèbre. M. L A U R E N T lui rendit en 1766 un premier compte des difficultés qui s'oppoſoient à l'établiſſement de cette navigation , *à cauſe des hautes vallées qui ſéparoient les deux rivières ,* de l'énorme dépenſe que la coupe de ces hauteurs exigeroit , & du danger qu'on courroit de manquer d'eau pendant au moins la moitié de l'année. Effrayé de ces obſtacles , M. le Duc D E C H O I S E U L ſur ce premier compte eût abandonné ce projet , *ſi l'importance de ſon utilité pour le ſervice du Roi & du Public ne l'avoit excité à chercher de nouveau tous les moyens poſſibles pour ſon exécution.* M. L A U R E N T retourna donc en Picardie en 1767, recommença le nivellement de toutes les vallées qui exiſtent entre la ſource de L'ESCAUT & la SOMME, *& reconnut de nouveau l'impoſſibilité de communiquer ces deux rivières par un Canal à découvert, dont la dépenſe eût été , de quelque côté qu'on tournât, D'AU MOINS VINGT-QUATRE MILLIONS , qui eût forcé à perdre ſur la largeur de ſon ouverture & la hauteur de ſes taluds une immenſité de terrain , qui eût exigé un grand nombre d'éclufes pour deſcendre de la ſource de L'ESCAUT à la SOMME, qui lui eſt inférieure , & qui eût mis dans le cas de manquer preſque toujours d'eau* (1).

---

qu'il étoit chargé d'accompagner : ON POURROIT CITER SUR - TOUT le jugement qu'en portèrent les Lords STORMONT & MANSFIELD dans un voyage que M. LAURENT DE LIONNE fit par ordre de feu M. TRUDAINE fils , pour montrer cet ouvrage à ces deux Seigneurs; *mais on ne croit pas avoir beſoin de rien ajouter à tout ce qui a été dit là-deſſus.*

(I) SI ON A OBJECTÉ contre le Canal ſoûterrain de Picardie *qu'il manqueroit d'eau,* PARCE QUE ſon fond . qui a Vandhuille une lieue au-deſſous du Mont Saint - Martin *eſt 6 pieds plus bas que L'ESCAUT , qui , de Vandhuille juſques à la vallée de le Vergie eſt ſur 6000 toiſes de longueur inférieur de* 10, 20, 30, 40 & 50 *pieds à la nappe d'eau qui exiſtoit autrefois dans le pays ,* parce que ce fond , *dis-je ,* eſt ſur 1000 toiſes de longueur ſeulement 3 pieds plus élevé que ces mêmes eaux intérieures , ce qui n'a pas

M. LAURENT, convaincu de cette impossibilité, imagina alors d'opérer cette communication si utile PAR UN CANAL SOUTERRAIN, qui auroit le double avantage de faire disparoître la grande différence des niveaux des deux rivières (*en prenant L'ESCAUT à VANDHUILLE beaucoup plus bas que sa source, & 15 pieds seulement plus haut que la SOMME à LESDIN (1),)* d'abréger le chemin de la navigation, *de conserver au pays 1500 arpens de terrain qu'il eût fallu lui enlever (2), d'assurer une navigation constante & à l'abri des courtereffes d'eau , & de n'exiger qu'une dépense de quatre millions au plus (3).*

Il mit ce projet sous les yeux du Ministre, *à qui il assura que la nature seule du terrain intérieur devoit décider la possibilité de son exécution.* On fit en conséquence des fondes réitérées , dans lesquelles on eut soin d'obferver les différens bancs de pierre qu'on trouva, *& on s'at-*

Nouvelles OPÉRATIONS & *sondes* faites pour reconnoître la *possibilité* ou l'*impossibilité* du Canal souterrain.

---

empêché celles du foûterrain de l'arrofer deux hivers de fuite , COMMENT POURROIT ON ESPÉRER *que le filet d'eau de la fource de L'ESCAUT* nourriroit feul fur 8000 toifes de longueur un Canal creufé dans un terrain pierreux , *& fupérieur par tout de 60 pieds à la nappe d'eau du pays , vers laquelle fes eaux tendroient toujours ,* & qu'il fourniroit en outre à la dépenfe de 15 à 16 éclufes néceffaires pour defcendre , tant vers Vandhuille , (côté de l'Efcaut) , que vers Lefdin (côté de la Somme ?)

(1) Depuis la mort de feu M. LAURENT, M. LAURENT DE LIONNE, *d'après fes confeils* , a rebaiffé le niveau des eaux navigables du Canal foûterrain de fix pieds , *de manière qu'il n'eft plus actuellement que neuf pieds plus élevé que les eaux d'Eté de la SOMME au-deffus du moulin de LESDIN.*

(2) *Les puits du Canal foûterrain entre VANDHUILLE & le TRONQUOI n'occuperont que 35 arpens.*

(3) La dépenfe faite jufques à préfent , *tant pour la partie foûterraine que pour les 3 lieues de Canal à découvert* , dont 1 ½ entre Saint-Quentin & le Tronquoi , & 1 ½ entre Vandhuille & les limites du Cambrefis , eft d'un million , *& celle qui refte à faire , en fuppofant qu'on revêtiffe entièrement le Canal foûterrain en maçonnerie fur 1000 toifes de longueur , ne fe montera , d'après les devis détaillés , qu'à 2,440,000 livres ; que la Famille de feu M. LAURENT , jointe à M. Romberg , Banquier & Négociant à Bruxelles , a l'honneur de propofer à SA MAJESTÉ d'employer à l'exécution de ce fuperbe Ouvrage , pourvu qu'on lui en accorde la jouiffance à perpétuité , & que , pour lui tenir lieu des intérêts des dépenfes qu'elle fera chaque année jufques à fa perfection , on lui donne 550,000 livres , fomme bien foible fi on la compare avec les avantages qu'elle procureroit.*

tacha sur-tout à comparer la profondeur des eaux du pays avec celles qui devoient être dans le Canal. ON RECONNUT ,

1°. que les différens bancs de pierre qui se trouvoient dans le lit de l'excavation étoient affez folides , *finon pour épargner la maçonnerie de la voûte fur la totalité du Canal* , du moins pour en permettre dans les endroits où il le faudroit la facile conftruction (1).

2°. Que les eaux des puits du pays étant par-tout fupérieures de 30, 40 & 50 pieds aux eaux navigables du Canal , & ne variant jamais, *ces eaux ferviroient en tout tems à nourrir le Canal au niveau duquel elles fe réduiroient* (2) , *& que fans aucun autre fecours étranger*

---

(1) On peut juger dès à préfent de la folidité du terrain dans lequel eft , & fera percé le Canal foûterrain , par les 5000 toifes de galerie déjà perforées , & *fur-tout par le morceau fini en grand depuis 8 ans* , vis-à-vis le Village de MAGNY-LA-FOSSE , qui n'a encore éprouvé aucune dégradation , ni altération dans fa forme , quoiqu'on ait fi fouvent fait courir le bruit qu'il étoit écroulé.

N. B. C'eft à cette partie achevée que Monfeigneur le COMTE D'ARTOIS, ainfi que les Perfonnes qui ont vifité le Canal jufques à préfent , (voyez - en la lifte abrégée à la fin de ce Difcours) a été conduit en bateau par une galerie de 12 pieds de largeur & 12 pieds de hauteur , y compris 4 pieds de profondeur d'eau.

(2) Ce que feu M. LAURENT préfumoit d'après fes connoiffances en 1767 , s'eft trouvé vrai à mefure qu'on a ouvert la galerie du Canal foûterrain. La nappe d'eau de l'intérieur du pays , qui entre NAUROIR & VANDHUILLE fuivoit la pente naturelle de l'Efcaut , & entre NAUROIR & LESDIN celle qui exifte néceffairement entre deux fources différentes par leur hauteur ; cette nappe d'eau , *dis-je* , qui étoit depuis zéro jufques à 50 pieds au-deffus dufond du Canal foûterrain , eft déja baiffée de plus de 25 pieds entre LESDIN & NAUROIR, ce qui a obligé derapprofondir aux frais du Roi les puits de ce der-nier Village , & de plus de 20 pieds entre BONY & VANDHUILLE. *La galerie foûterraine eft actuellement une efpèce de Canal de deffechement , vers lequel tendent toutes les eaux intérieures du pays , EXCEPTÉ CEPENDANT entre la vallée de LE VERGIZ & l'éclufe projettée au TRONQUOY , où ces mêmes eaux intérieures qui vont rejoindre le niveau de la Somme au-deffous de cette éclufe , font fur 1000 toifes de longueur , jufques à 3 pieds plus baffes que le fond du Canal* , ce qui obligera , dans le cas où la grande abondance de celles qu'on pourra y réunir n'en fourniroit pas plus qu'il ne s'en perdra , à employer les moyens projettés par feu M. LAURENT & M. LAURENT DE LIONNE , pour empêcher

la navigation (1) feroit toujours affurée d'une quantité d'eau beaucoup plus que fuffifante.

Ce ne fut que d'après toutes ces opérations (2) que M. LE DUC DE

---

leur infiltration vis-à-vis le vallée de le VERGIE. (*Voyez à ce fujet dans les Numéros 50 & 51 du Mercure de 1780 les deux Lettres de M. RIGAUT, Phyficien de la Marine & Correfpondant de l'Académie Royale des Sciences à SAINT-QUENTIN, fur le Canal de Picardie.*)

(1) Le Canal au-deffous de VANDHUILLE n'étant éloigné que de 30 toifes au plus de l'ESCAUT, & fon niveau à cet endroit étant le même que celui de cette rivière, il feroit très-facile d'y faire entrer toutes fes eaux fi on le vouloit ; *mais on n'aura jamais befoin d'avoir recours à cet expédient*, attendu la grande abondance de celles que fournit déja, & fournira le Canal foûterrain.

(2) Outre ces différentes opérations faites avec la plus grande exactitude fur le terrein, feu M. LAURENT avoit examiné pendant très-long tems le projet formé, il y a plus de cent ans, pour établir la communication de la HOLLANDE & de la FLANDRE avec l'intérieur du Royaume, *en joignant la Sambre au Noirieux & à l'Oife, & l'Efcaut à la Sambre par la Selle* ; mais différentes confidérations, dont on va donner ici le précis, le portèrent à préférer la jonction de la Somme à l'Efcaut.

1°. Il eftimoit ces deux jonctions enfemble au moins huit millons, *& il n'évaluoit qu'à* QUATRE *au plus celle de la Somme à l'Efcaut.*

2°. Il comptoit que de Denain à la Fère par la Selle, le Noirieux & l'Oife, il faudroit à-peu-près foixante Eclufes, TANDIS *que par le Canal de Picardie il n'y en aura que vingt-cinq entre ces deux mêmes points.*

3°. Il n'étoit pas très-certain que les eaux de la SAMBRE, prifes au-deffus de LANDRECY, *dont les Moulins chaument fouvent*, euffent pu alimenter les trois branches de navigation qui fe fuffent dirigé au point de partage vis-à-vis OISY, l'une vers MAUBEUGE, l'autre vers DENAIN, & la troifième vers GUISE & LAFERE.

4°. Le commerce du CAMBRESIS, de l'ARTOIS, & d'une très-grande partie de la FLANDRE avec la FRANCE, auroit eu vingt-fept lieues de chemin à faire de CAMBRAY à LAFERE par Denain, la Selle & l'Oife, *au lieu de dix-fept par le Canal de Picardie.*

5°. Ces deux jonctions enfin dont il connoiffoit la poffibilité, *n'auroient remplacé qu'imparfaitement celle de la* SOMME *à l'*ESCAUT, & euffent fait le plus grand tort aux villes de ST. QUENTIN & CAMBRAY, qui par leur importance méritent l'attention & la faveur du Gouvernement.

On vient de renouveller ce projet, & on cherche dans ce moment (*en Mars 1781*) à infinuer au Gouvernement,

1°. Que fon exécution pourroit remplacer utilement la jonction de la Somme à l'Efcaut.

CHOISEUL proposa au mois de Décembre 1767, le Projet de

2°. Qu'on pourroit en attendant son exécution, *pour laquelle on convient qu'il faudroit beaucoup de tems*, établir en 4 ou 5 mois, & avec 97,000 liv. de dépense, un flottage provisionnel pour les mâts entre LANDRECY & LA FERE.

M. LAURENT DE LIONNE ajoute là-dessus aux reconnoissances faites par feu M. LAURENT sur le premier objet,

1°. Que MM. les Ingénieurs des Ponts & Chaussées qui ont levé & nivellé en 1776 les projets de ces jonctions, en évaluent, *par apperçu seulement*, la dépense à dix ou douze millions, TANDIS QUE *la famille de feu M. LAURENT ne demande que* 550,000 *liv. en* HUIT ANS *pour exécuter la jonction de* LA SOMME *à* L'ESCAUT.

2°. Que d'après les opérations faites par ces Ingénieurs, il y auroit par la jonction de l'Escaut à la SAMBRE & à l'OISE, cinquante Ecluses de DENAIN à la FERE, *au lieu de vingt-cinq par le Canal de Picardie entre ces deux mêmes points*.

3°. Que par ces mêmes jonctions, il y auroit de r. QUENTIN à CAMBRAY trente-cinq lieues de chemin par eau, & soixante-quatre Ecluses à passer, AU LIEU *de dix lieues par le Canal de Picardie & de onze Ecluses*.

M. LAURENT DE LIONNE observe ensuite sur le deuxieme objet :

1°. Qu'il est impossible d'établir de LANDRECY à LA FERE un bon flottage pour les mâts, dont les plus grands tirent deux pieds d'eau, & ont quatre-vingt dix pieds de longueur, *en cinq mois, & avec* 97,000 *liv. de dépense.*

2°. Que les déblais & remblais sur cette longueur de 32,000 toises au moins, peuvent à la vérité être faits pendant ce tems, en employant douze à quinze cents hommes par jour, mais qu'en ne supposant que trois toises cubes d'ouvrage par toise courante, (*les coupures, élargissemens, redressemens, & l'établissement d'un réservoir vis-à-vis* OISY *compris*) il y auroit au moins 96,000 toises cubes à excaver, & une dépense à faire de . . . . 100,000 liv.

3°. Qu'il n'est pas possible de construire en 2 à 3 mois les 100 Ecluses provisionnelles qu'on suppose nécessaires entre LANDRECY & LA FERE, *qu'il faut au moins deux campagnes pour cela*, & que ces 100 Ecluses, quoiqu'en bois, & quand on ne les estimeroit que 1500 liv. chacune, coûteroient au moins : 150,000

4°. Qu'on ne peut pas évaluer les dédommagemens sur 24 lieues de longueur, les frais de conduite, les dépenses imprévues, & *les curemens à faire à la* SAMBRE *entre* MARFENT & LANDRECY *à moins de* 50,000

TOTAL *au moins* . . . . . . 400,000 liv.

M. L A U R E N T au feu Roi, qui l'agréa , & aſſigna pour ſon

---

5°. Que cette dépenſe de 400,000 liv. feroit abſolument *en pure perte* lorſqu'on exé-cuteroit les canaux de navigation deſtinés à joindre les rivières d'Oiſe , de Sambre & de l'Eſcaut, *attendu l'impoſſibilité de ſuivre alors le cours de ces Rivières dans leſquelles on propoſe d'établir le flottage.*

6°. Que les mâtures pourront arriver par eau au mois de Juin prochain à Cambray , *& qu'il eſt poſſible & très-facile*, ſans engager le Roi dans une dépenſe de 400,000 liv. qui iroit peut-être à , & 600,000 liv, *de les faire arriver à la fin de cette année par eau juſques à 5 lieues de* ST. QUENTIN *au bas de la poſte de* BONAVIS , *d'où ils ne coute-roient pas* 24 *liv. chacun par terre juſqu'au Canal de la Fère.*

7°. Qu'il ſuffiroit pour cela de donner aux États du CAMBRESIS la certitude de l'exé-cution du Canal de Picardie , & de les autoriſer à emprunter les ſommes néceſſaires , 1o. pour établir cette année le paſſage de la navigation dans l'intérieur de la ville de CAMBRAY. 2°. Pour ouvrir les redreſſemens projettés pour la navigation de l'ESCAUT entre CAMBRAY & la chauſſée de ST. QUENTIN au bas de Bonavis. 3°. Pour conſtruire avec deux têtes en maçonnerie ſeulement , 3 ou 4 Ecluſes ſur cette longueur, qui n'eſt que de 8000 toiſes environ. 4°. Pour en conſtruire 2 ou 3 autres en bois.

8o. Que par cette navigation , *ainſi rapprochée de l'ancien Canal de* PICARDIE , non-ſeulement le ROI & ſes Sujets trouveroient dès l'année prochaine dans les tranſports des munitions navales ,· & des marchandiſes venant du NORD , un bénéfice de plus de 200,000 liv. par an , MAIS *que les mâts couteroient auſſi infiniment moins par ce chemin que par le flottage propoſé,* ATTENDU , 1°. que de NAMUR, où la SAMBRE ſe jette dans la MEUSE juſques à la FERE , *il y auroit* 110 *Ecluſes*, dont 10 de 11 pieds de largeur, dans leſquelles il ne pourroit paſſer que 5 mâts de front , & 100 de 5 à 6 pieds , dans leſquelles on con-vient qu'on n'en feroit paſſer que deux , *AU LIEU QUE depuis* GAND *juſqu'au bas de la Poſte de Bonavis* , *il n'y auroit que* 10 *Ecluſes de* 16 & 20 *pieds de largeur chacune* , *& que de* ST. QUENTIN *à la* FERE , *il n'y en a que* 9 *de* 20 *pieds chacune de largeur* , *& dans leſquelles il paſſe* 9 & 10 *mâts de front.*

9°. Que dans la ſuppoſition même , ou par le flottage propoſé il y auroit un bénéfice de 10 liv. par mât , *il faudroit qu'il en paſſât* 40,000 *avant que le* ROI *fût dédommagé des* 400,000 *liv. qu'il ſe trouveroit avoir dépenſé uniquement pour ce tranſport* , AU LIEU QUE *par l'*ESCAUT *juſqu'au bas de Bonavis* , *les mâts pourroient arriver cette année, & les bateaux l'année prochaine, à* 5 *lieues de St. Quentin* , *ſans faire en pure perte une dé-penſe de plus de* 10,000 *liv. dont on feroit plus que dédommagé par le paſſage de moins de* 1000 *mâts.*

10°. Qu'ENFIN il feroit bien plus avantageux pour le ROI & l'Etat , *au lieu de dépenſer* 400,000 *liv. pour un ſimpl: flottage* , *qui* , *avec toutes les ſuppoſitions poſſibles , ne peut*

exécution un fond de 300,000 livres par an fur fon Tréfor Royal (1).

SA MAJESTÉ d'un autre côté autorifa les États du CAMBRÉSIS, la Châtellenie de BOUCHAIN, & la PRÉVOTÉ-le-COMTÉ de VALENCIENNES, à rendre l'ESCAUT navigable depuis le Canal de Picardie jufqu'à VALENCIENNES, *leur procura même les moyens de fournir à la dépenfe des travaux néceffaires pour établir cette navigation, & affura* par-là à ces adminiftrations une communication d'autant plus utile, qu'il leur manquoit des débouchés pour l'exportation de leurs CHARBONS, de leurs BOIS, &c. & pour l'importation des VINS & autres denrées qui leur manquent.

Quelqu'avantageux, MESSIEURS, que foit pour la Picardie le

---

pas procurer une économie de 10,000 l. par an pendant la guerre. d'employer cette fomme à faciliter à la famille de feu M. LAURENT les moyens d'exécuter une navigation, qui dans 6 ans procureroit au Roi des avantages inappréciables en tems de guerre, & à fes Sujets en tems de paix, un bénéfice annuel dont les tranfports d'au moins 1,200,000 liv., qui s'éleveroità plus de 5 à 6 millions auffi par an, toutes les fois que la guerre rendroit la communication du NORD avec l'intérieur du Royaume par la MANCHE, impoffible ou dangereufe.

(1) Ces fonds, verfés très-exactement pendant les fix premiers mois de la première année, permirent à feu M. LAURENT d'occuper en 1768 jufques à 11 & 1500 Ouvriers à la fois, ce qui diminua beaucoup la mifère des habitans des Villages voifins du Canal, qui en étoient accablés dans ce même moment. Peu à-peu enfuite les époques de la remife des fonds ont été reculées, de manière qu'il y a eu des années où on n'a verfé pour toutes les dépenfes de l'ancien & du nouveau Canal, que 15,000 livres. Feu M. l'Abbé TERRAY s'étant fait rendre compte, auffi tôt après fa nomination au Miniftère, de l'utilité & de la poffibilité du Canal de Picardie, en fut tellement frappé que, *quelqu'économe qu'il fût des Finances de l'État, il engagea LE FEU ROI à en continuer avec vigueur les travaux qu'il vint vifiter lui-même de Compiègne en 1774.* Après fa retraite du miniftère & fous celui de M. TURGOT, l'adminiftration du Canal confiée jufqu'alors à M. FOULON, Intendant des Finances, *que fon zèle pour le bien de la chofe à fait féjourner plufieurs fois 8 & 10 jours de fuite fur les lieux, pour s'inftruire à fond de tous fes détails & les bien connoître,* fut réunie au Département de feu M. TRUDAINE fils, *& quelques mois après les travaux du fouterrain ont été fufpendus,* avec ordre de reporter tous les Ouvriers dans les parties à découvert; ce qui a été exécuté pendant 6 mois, jufques au 20 Octobre 1775, époque à laquelle de nouveaux ordres ont auffi fufpendu tous les travaux à ciel ouvert.

Projet

Projet dont je viens d'avoir l'honneur de vous rendre compte, l'exécution DU CANAL DE LA SOMME (1), dont le but eſt *de créer dans des parties, & de perfectionner dans d'autres* (2) la navigation de cette rivière, depuis le Village de SAINT-SIMON, ſitué ſur les bords du Canal *de la Fère*, juſqu'à LA MER, n'intéreſſe pas moins cette Province.

La SOMME, qui prend ſa ſource à deux lieues au·deſſus de ST-QUEN-TIN, ſe perd, comme vous le ſavez, dans des marais impraticables & de très-mauvaiſe qualité, ainſi que dans de vaſtes étangs juſques à BRAY & même SAILLY-LORETTE (3), où libre enfin des obſtacles qui la

CANAL de na-
vigation ſur la
SOMME.

---

(1) L'exécution de ce Canal a été commencée en 1770, ſous l'adminiſtration de *M. Dupleix de Bacquencourt*, Intendant de Picardie.

(2) Avant de commencer l'ouverture du canal de la SOMME, on avoit long-tems examiné s'il feroit plus avantageux pour le commerce de créer d'abord la navigation entre AMIENS & le canal de la FERE, *ou de perfectionner avant celle entre AMIENS & ABBEVILLE.* Les raiſons ſuivantes ont déterminé à prendre le premier parti.

1°. Les dépenſes à faire entre Amiens & Abbeville euſſent retardé de 5 à 6 ans la jouiſſance de la navigation ſupérieure.

2°. Les tranſports d'Abbeville à Amiens ſe faiſant déjà (*par les alleges*) moyennant 6 ſ. au plus du cent peſant, on a conſidéré que les travaux à faire entre ces deux Villes *ne pouvaient pas produire dans le tranſport des marchandiſes une diminution de 2 ſ. par quintal*, AU LIEU QUE l'établiſſement de la navigation, au-deſſus d'Amiens, *en produira certainement une de 20 ſ. au moins par quintal, d'AMIENS à la FERE.*

3°. On a reconnu enfin que de la perfection de la navigation entre AMIENS & ABBEVILLE, il ne réſulteroit pas un bénéfice de plus de 10,000 l. par an pour le commerce, TANDIS qu'il en trouvera déja un de cette ſomme d'ici à 3 ou 4 ans, lorſque dans la partie ſupérieure d'AMIENS il n'y aura plus que des portages à faire aux emplacements des écluſes, & *de plus de CENT MILLE LIVRES PAR AN, auſſi tôt que les bateaux pourront aller librement d'AMIENS au canal de la FERE*, où ſe formera néceſſairement l'entrepôt de toutes les marchandiſes deſtinées pour la THIERACHE, le SOISSONNOIS, la CHAMPAGNE, une partie des TROIS-ÉVECHÉS, la LORRAINE, & L'ISLE DE FRANCE.

(3) Les 3000 arpens de marais entre BRAY & SAILLY-LORETTE, *d'une qualité bien ſupérieure à ceux entre BRAY & ST.-QUENTIN*, ont toute la conſiſtance poſſible depuis que M. l'Intendant de Picardie, après avoir en 1777 ordonné le baillement des vannes du Moulin de SAILLY-LORETTE, & l'enlèvement de tous les obſtacles formés dans la Rivière par les pêcheurs pour leur facilité, *a fait faucarder pendant 2 étés de ſuite, les herbes qui croiſſent dans la Somme, & dont l'effet eſt ſi nuiſible, que ſur trois lieues de*

C

gênent au-deſſus, & rendue là elle-même, elle ſe porte dans un lit
réglé, & au travers de belles prairies juſques à AMIENS (1) & AB-
BEVILLE (2). *A quelque diſtance de cette dernière Ville, dénaturée une
ſeconde fois, elle ne connoît plus de lit fixe, & ſe perd continuellement*
dans les ſables de la Baye de SOMME, juſques à SAINT-VALERY (3)
& LA MER.

---

longueur, elles retiennent l'eau de près de 2 pieds de hauteur. Les propriétaires de ces
marais, depuis plus de 30 ans, étoient obligés de ſe mettre dans l'eau pour en couper
les ſoins, qu'ils apportoient enſuite à dos ſur les bords pour les faire ſécher, & IL EST
NOTOIRE dans le pays, qu'en 1778 & 1779, au moyen du faucardement fait dans la
Somme, *non-ſeulement on a fauché les ſoins à pied ſec, mais qu'on a été les chercher
en voiture.*

(1) Quelques redreſſemens à faire à la Rivière, quelques atterriſſemens à enlever,
l'ouverture des deux contrefoſſés néceſſaires pour donner un écoulement plus bas aux
terreins adjacents à la SOMME, & pour en relever les bords; une écluſe ſimple entre
SAILLY-LORETTE & AMIENS, & un las vis-à-vis cette Ville, *rendront la navigation très-
facile ſur cette étendue de près de 7 lieues.*

(2) Quoique la Somme ſoit navigable entre AMIENS & ABBEVILLE, *différens atterriſſemens,* ENTR'AUTRES ceux entre le port d'AMIENS & la Manufacture du ſieur BEAUVALET,
au deſſous de l'endroit appellé LA CHAUDIERE, vis-à-vis le village de MONTIERE, au-deſſus
& au-deſſous des ponts de DREUIL & D'AILLY, près de TIRANCOURT & du pont de PICQUI-
GNY, vis-à-vis l'Abbaye DU GARD, aux ponts D'HANGEST, de L'ÉTOILE, de LONG, & de
PONT-DE-REMY, *en rendent la navigation très-pénible, & exigent qu'on travaille à la
rendre plus facile.*

(3) Feu M. LAURENT, conſulté différentes fois par le Miniſtère ſur les projets donnés
au Gouvernement, relativement aux ports de ST. VALERY & du CROTOY, a toujours
penſé que *ni l'un ni l'autre ne méritoient qu'on y fît des dépenſes conſidérables,* attendu
le peu de profondeur des lits de la Somme à la baſſe-mer, la grande diſtance de ces
ports à la pleine mer, *& l'impoſſibilité par conſéquent d'établir une communication con-
tinuelle entre ces ports & la pleine mer.* Parmi les projets AU SURPLUS qui ont été donnés,
SOIT pour conduire la Somme par l'intérieur des terres au HABLE-D'EAU, au CROTOY,
ou à ST. VALERY, SOIT pour lui fixer un lit conſtant dans la baye, entre ABBEVILLE &
l'un ou l'autre de ces deux derniers ports, celui d'amener cette Rivière à ST. VALERY,
préſenté autrefois par M. DE VAUBAN, propoſé à M. DE CREMILLES lors de ſon voyage
ſur les côtes, & adopté depuis quelques années par différentes perſonnes de l'Art, a
toujours paru le plus pratiquable à M. LAURENT, en y faiſant toutefois quelques correc-

Le sieur C R O Z A T, après avoir, par un Canal hors d'œuvre, rendu, en 1732, une partie de la SOMME navigable, de SAINT-QUENTIN à SAINT-SIMON, s'étoit proposé de continuer sa navigation jusqu'à SAILLY-LORETTE, & de la perfectionner ensuite jusqu'à AMIENS & ABBEVILLE. M. DE PRÉFONTAINE en forma même un Projet, que les circonstances ne permirent pas alors d'exécuter. Sans vous mettre sous les yeux la comparaison de ces deux Projets, & sans chercher à altérer la justice qu'on doit rendre au mérite éminent de cet Ingénieur, je me contenterai de vous observer que *son Canal exigeoit, jusqu'à SAILLY-LORETTE, deux écluses de plus, & étoit d'ailleurs près de 4000 toises plus long que celui de feu* M. LAURENT, dont je vais avoir l'honneur de vous indiquer seulement les principaux points de direction.

Ce Canal, MESSIEURS, commence à SAINT-SIMON, où, inférieur de deux pieds & demi aux marais de ce canton, *il dessséchera près de 1500 arpens de marais bousineux* (1) *qui sont à sa rive gauche.* Il

Cours du Canal de la Somme.

---

tions & changemens, sur lesquels il a laissé des notes très-détaillées à M. LAURENT DE LIONNE, & en supposant toujours que l'objet d'utilité de cette dépense soit assez considérable pour déterminer à la faire, ce que le Ministère seul peut apprécier d'après des renseignemens fideles & exacts sur l'importance du commerce qui se fait & pourra se faire par la suite, par le port de St. Valery.*

(1) Un Chymiste très instruit, qui a analysé les Bousins de différens marais de la Somme, en parle comme il suit :

« LE BOUSIN qui flotte sur les eaux des marais de la rivière de Somme, est une
» substance très-spongieuse formée par l'entrelacement des racines des plantes aqua-
» tiques ; son épaisseur est relative à la quantité d'eau sur laquelle il flotte, & au tems
» depuis lequel il est formé ; *il y a des marais où il a jusqu'à 8 & 10 pieds de pro-*
» *fondeur.* Cette substance est ordinairement régénérée dans l'espace de 20 ans dans
» les endroits d'où on l'a enlevée.

» Le pied cube de Bousin le moins spongieux, bien séché, pèse jusqu'à 14 livres ;
» mais ce poids spécifique varie selon qu'il y reste plus ou moins de vase, & *il y*
» *en a qui ne pèsent pas 5 livres le pied cube.*

» *Une livre de Bousin du poids de* 14 livres le pied cube *a produit par la com-*
» *bustion* 1 once 3 gros *de cendre, dont la moitié est de la terre calcaire.*

» On retire, par l'évaporation de la lessive de ces cendres, quelques cristaux de

paſſe de-là auprès du Village de Dury, à Sommette, Pithon & Étouilly, à 150 toiſes environ de la ville de Ham, à Épénancourt, Cisancourt, S. Christ, Briost, Applaincourt, Pont-les-brie, Éterpigny & Péronne, où on a déjà formé un Port vis-à-vis l'écluſe qui doit y être conſtruite. A la ſortie de cette écluſe, le niveau du Canal devient commun avec celui des étangs de Biache & de Sainte-Radegonde, ce qui, en ouvrant la digue droite & en formant une jettée de 15 pieds de largeur dans ces étangs, permettra aux bateaux deſtinés pour Péronne d'approcher de ſon entrée, *où il ſera à deſirer qu'on forme par la ſuite un nouveau Port entre la Ville & le Faux-bourg appellé de Paris.*

En ſortant des étangs de Péronne & de Biache, le Canal longe ceux de Bazincourt, traverſe une partie de ceux de Cléry, ſe dirige par une ligne droite de 400 toiſes de longueur environ dans une partie de terre élevée entre la Ferme de Sormont & le Corps-de-Garde de Buscourt, cotoye enſuite les étangs de Buscourt, & de Feuilleres, *& va directement de ce dernier Village à celui de Frise, en formant une Iſle de la preſqu'Iſle qui exiſtoit auparavant.* A la ſortie de l'écluſe de Frise, le Canal devient encore commun avec la rivière de Somme, dont il ſe ſépare à Éclusiers pour aller à Capy, & à une écluſe qui doit être conſtruite vis-à-vis Bray, à mille toiſes environ de cette Ville. Au-deſſous de l'écluſe de Bray ou de la Neuville, le Canal ſe réunit de nouveau à la Somme, qu'il eſt néceſſaire de

---

» ſel de glauber, un peu d'alkali marin, & un peu d'un ſel formé par écailles,
» qui ſe diſſout avec efferveſcence par les acides minéraux.

» Le Bouſin ne contribue pas davantage à la végétation des plantes aquatiques, dont
» les racines pivotent & s'entrelacent dans ſa propre ſubſtance, que les carafes rem-
» plies d'eau ne concourent à celles des oignons de jacintes, &c. qu'elles ſuppor-
» ent, ou que le coton placé ſur une aſſiette remplie d'eau, ſur lequel on ſeme
» de la laitue.

» Les plantes que le Bouſin ſupporte, végètent conſidérablement tant qu'il ſur-
» nage, *mais elles périſſent dès qu'il manque d'eau.*

» Le Bouſin forme une matière combuſtible très utile aux pauvres ».

redreſſer dans beaucoup d'endroits juſqu'à SAILLY-LORETTE (1), *où commence une navigation très-imparfaite*. Je craindrois de vous ennuyer ſi j'ajoutois ici le détail des Projets de feu M. LAURENT , relativement à la perfection de cette navigation *au-deſſus & au-deſſous* D'AMIENS. Il me ſuffira de vous dire qu'il a étudié particulièrement le paſſage de cette Ville , *& qu'il n'eſt point d'idées qu'il ne m'ait laiſſées pour concilier les intérêts de la Province avec les avantages particuliers de cette Capitale.*

Je ne vous entretiendrai pas non plus de l'immenſité des avantages que la navigation de la SOMME doit procurer à la Picardie, vous ſentez , auſſi bien que moi, combien cette communication de la MER avec PARIS & l'intérieur du Royaume *par des Canaux faciles à fréquenter* ſera intéreſſante. Perſonne n'ignore combien le commerce ſouffre des difficultés , de l'incertitude & de la longueur des tranſports de ROUEN à PARIS; *les mêmes marchandiſes qu'on tire actuellement de ce Port pourront, après l'exécution du Canal de la* SOMME *, arriver à* SAINT-VALERY *, & de-là parvenir à jour nommé à leur deſtination.* Si vous ajoutez à ces avantages inappréciables ceux que retirera toute la PICARDIE d'une navigation qui la traverſera ſur une étendue de cinquante lieues , ſi vous conſidérez avec quelle facilité on fera circuler de l'un à l'autre point de cette Province ſans frais, les BLEDS & autres denrées de première néceſſité , quelle réduction cette navigation doit produire dans le prix des BOIS , des CHARBONS (2) , des CENDRES *d'engrais & de tous les objets auxquels un tranſport par terre ajoute ſouvent une valeur double de leur première valeur , quel bénéfice enfin le Commerce du*

Utilité du Cana
de la Somme.

---

(1) Au moyen de ce que preſque tous les redreſſemens ſur cette longueur , ainſi que de SAILLY-LORETTE à AMIENS , ſont dirigés dans des terrains tourbeux , & de l'empreſ-ſement des Communautés & Particuliers à ſe charger d'excaver le Canal tel qu'il doit être , il y a peu de dépenſe à faire pour les terraſſes dans cette étendue de 7 lieues environ.

(2) La raſière de charbon de terre du poids de 225 livres , qui ne coûte que 22 ſols 6 deniers à VALENCIENNES , vaut actuellement juſqu'à 3 livres 15 ſols à AMIENS , qui n'en eſt éloigné que de 26 lieues ; & pourra y être vendu avec bénéfice à raiſon de 50 ſols ou plus , après l'exécution des Canaux de Picardie & de la Somme.

Vermandois, du Soissonnois, de la Thierache, de la Cham-
pagne & d'une partie de la Lorraine avec Amiens & Abbeville (1)
trouvera dans une navigation qui épargnera plus de 25 lieues de tranf-
port par terre, VOUS SENTIREZ AISÉMENT QUE LE CANAL DE LA
SOMME SERA POUR LA PICARDIE CE QUE LE CANAL DE PICARDIE
DOIT ÊTRE POUR TOUT LE ROYAUME.

Tel eft, MESSIEURS, le plan, telle eft l'utilité des ouvrages que je
fuis chargé de conduire dans cette Province. Leur importance pour
le bien public & la fage prévoyance du Gouvernement, qui, certain
de leurs avantages, veut s'aſſurer de nouveau des moyens les plus
propres à leur exécution (2), tout enfin doit perfuader que leurs fuc-
cès répondra aux efpérances qu'on en a conçues. Qu'il me fera doux
d'être l'inftrument des avantages que cette Province doit en retirer, c'eft
la feule fatisfaction à la laquelle j'afpire, la gloire en fera due toute
entière à leur jufte combinaifon, au génie de l'homme célèbre que je
remplace, & fur-tout au zèle patriotique & infatigable du Magiftrat
refpectable aux foins duquel cette Province eft confiée; diftingué par
fon humanité & fon intégrité autant que par fon amour pour les
Lettres, il a été dans tous les tems honoré de la confiance du Monarque,
& cédant toujours à fa bienfaifance naturelle, on ne l'a jamais vu
employer fon crédit que pour folliciter des graces, ou obtenir l'exécution de travaux qui puffent affurer des reffources au Commerce
& à l'Agriculture. Je ne dois pas craindre ici, MESSIEURS, que le
témoignage que je fuis affez heureux de pouvoir lui rendre aujourd'hui
en public, foit attribué à l'illufion d'une ame reconnoiffante; il n'eft

---

(1) D'après des renfeignemens exacts fur le commerce D'AMIENS, D'ABBEVILLE
& de SAINT-VALERY avec ces Provinces, il paroît qu'il s'élève annuellement pendant
la paix à 100,000 *quintaux de différentes marchandifes, fur le tranfport defquelles le*
Public trouveroit un bénéfice d'aumoins 100,000 *livres, fi, au lieu de n'aller que jufqu'à*
AMIENS *par eau, elles pouvoient arriver par cette voie de* SAINT-VALERY *à* SAINT-
QUENTIN, LA FERE *ou* SOISSONS, d'où elles feroient enfuite conduites par terre à leurs
différentes deftinations.

(2) On examinoit alors le Canal de Picardie.

(23)

perfonne de vous qui n'ajoute dans le fond de fon cœur au tableau
que je viens de tracer, & qui ne regarde l'intérêt que M. D'AGAY prend
aux ouvrages publics, comme un gage de fon attachement pour la
Picardie. Autrefois les Romains faifoient graver fur les monumens les
noms des Confuls fous la magiftrature defquels ils avoient été érigés :
quel nom, MESSIEURS, plus cher à cette Province, mérita jamais
mieux d'être infcrit fur les portes qui doivent décorer l'entrée & la
fortie du Canal de Picardie, que celui du Magiftrat qui préfide à cette
Affemblée ?

F I N.

EXTRAIT des Regiftres de l'Académie des Sciences, Belles-Lettres & Arts d'Amiens.

Du 5 Mars 1781.

L'ACADÉMIE, qui a relu le Difcours prononcé à la Séance
publique, le 25 Août 1776, par M. *Laurent de Lionne*, Honoraire de
cette Compagnie & Directeur du *Canal de Picardie & de la Somme*,
fur l'utilité de ces Canaux, avec des Notes, a jugé que la réimpreffion
de cet Ouvrage ne pourroit être que très-utile, très-agréable au
Public, & très-honorable à l'Auteur. *Signé*, d'HERVILLE,
Directeur, & BARON, Secrétaire-Perpétuel de l'Académie.

Lu & approuvé, *ce* 25 *Janvier* 1781, DE SAUVIGNY.

Vu l'Approbation, *permis d'imprimer*, *ce* 26 *Janvier* 1781, LE NOIR.

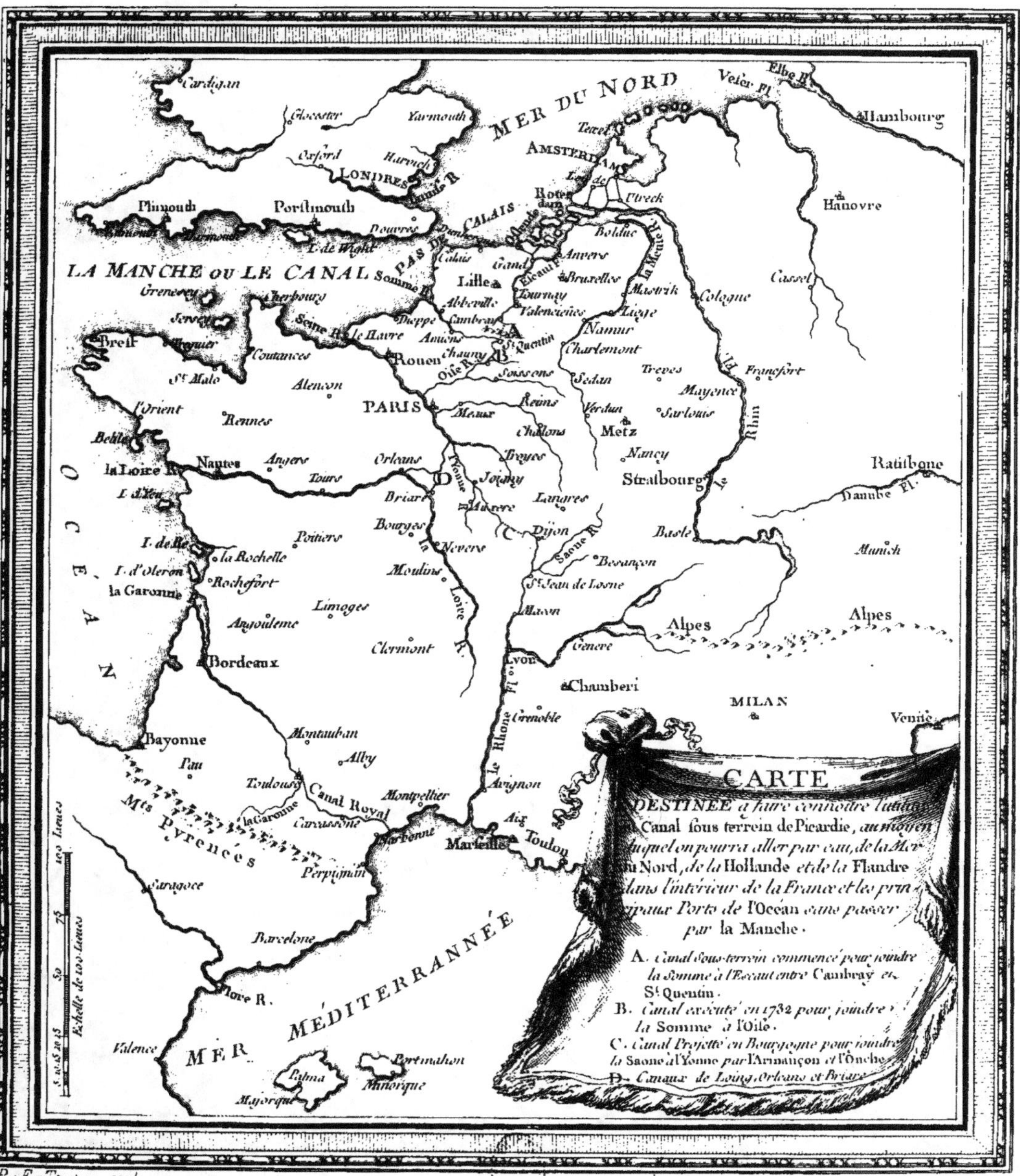

P. F. Tardieu ſculp.

COPIE d'une Lettre écrite à feu M. LAURENT par M. de VOLTAIRE.

De Ferney, ce 6 Décembre 1771.

« JE favais, Monfieur, il y a long-tems, que vous aviez fait des
» prodiges de méchanique ; mais je vous avoue que j'ignorais, dans
» ma chaumière & dans mes déferts, que vous travaillaffiez actuelle-
» ment, par ordre du Roi, aux Canaux qui vont enrichir la Flandre
» & la Picardie. Je remercie la Nature qui nous épargne les neiges
» cette année. Je fuis aveugle quand la neige couvre nos montagnes ;
» je n'aurais pu voir les plans que vous avez bien voulu m'envoyer.
» J'en fuis auffi furpris que reconnoiffant. *Votre Canal fouterrain, fur-*
» *tout, eft un chef-d'œuvre inoui.* Boileau difait à Louis XIV, dans le
» beau fiècle du goût :

> » J'entends déja frémir les deux mers étonnées
> » De fe voir réunir aux pieds des Pyrénées.

» Lorfque fon Succeffeur aura fait exécuter tous fes projets, les
» mers ne s'étonneront plus de rien ; elles feront très-accoutumées
» aux prodiges.

» Je trouve qu'on fe faifait peut-être un peu trop valoir dans le
» fiècle paffé, quoiqu'avec juftice, & qu'on ne fe fait peut-être pas
» affez valoir dans celui-ci. Je connaiffais le Poëme de l'Empereur
» de la Chine, & j'ignorais les Canaux navigables de Louis XV.

» Vous avez raifon de me dire, Monfieur, que je m'intéreffe à
tous les Arts & aux objets du Commerce.

> » Tous les goûts à la fois font entré dans mon ame.

» Quoiqu'octogénaire, j'ai établi des Fabriques dans ma folitude

a

„ fauvage. J'ai d'excellens Artiftes qui ont envoyé des leurs ou-
„ vrages en Ruffie & en Turquie ; & , fi j'étais plus jeune , je ne
„ défefpérerais pas de fournir la Cour de Pékin du fond de mon
„ hameau Suiffe.

„ Vive la mémoire du grand Colbert qui fit naître l'induftrie en
„ France !

> „ Et priva nos voifins de ces tributs utiles
> „ Que payait à leur art le luxe de nos Villes.

„ Béniffons cet homme qui donna tant d'encouragemens au vrai
„ génie , fans affaiblir les fentimens que nous devons au Duc de
„ Sully qui commença le Canal de Briare , & qui aima plus l'agricul-
„ ture que les étoffes de foie. *Illa debuit facere , & ifta non omittere.*

„ Je défriche, depuis long-tems , une terre ingrate. Les hommes,
„ quelquefois, le font encore plus. Mais vous n'avez pas fait un in-
„ grat , en m'envoyant le plan de l'Ouvrage le plus utile.

„ J'ai l'honneur d'être , avec autant d'eftime que de reconnoif-
„ fance , &c. ».

---

*E X T R A I T des Annonces & Affiches de P I C A R D I E,
A R T O I S , &c. &c.*

Du Samedi 9 Octobre 1773.

Monsieur le Duc & Madame la Ducheffe de C U M B E R L A N D,
qui , fous les noms de Comte & de Comteffe de D U B L I M , tra-
verfent la France pour fe rendre en Italie, font arrivés à Saint-Quentin
le 24 Septembre. M. le Comte D'A G A Y , Intendant de la Province ,
a eu l'honneur de les y recevoir, & de leur faire préparer un fouper,
où , conformément à leurs intentions, il a été feulement admis avec
M. D'É T O U I L L Y , Lieutenant-de-Roi de la Ville. Leurs Alteffes
Royales ont vifité les travaux du Canal fouterrain de Picardie , par-

couru la Galerie préparatoire, & examiné, avec autant d'étonnement
que de fatisfaction, la partie où cette voûte immenfe eft exécutée en
grand, & avec les dimenfions qu'elle doit avoir dans fa perfection.
Ce travail, dont nous avons déja eu plus d'une fois occafion de
parler, a été entrepris par ordre du Roi, fous l'adminiftration de M.
le Contrôleur-Général, & d'après les plans & projets de M. LAURENT,
Chevalier de l'Ordre de Saint-Michel, juftement célébre par les
preuves multipliées qu'il a deja données de fes talens. Son objet eft
de réunir l'Efcaut, & toutes les navigations auxquelles ce fleuve
communique, avec la Somme, l'Oife, la Seine, la Loire, & d'ouvrir par-là des débouchés, &c. &c.

M. de la CONDAMINE, qui fe trouvoit alors à Saint-Quentin,
étonné de la fage hardieffe & de l'exécution rapide de ce projet, a fait,
à cette occafion, des Vers, dont les quatre premiers ont été compofés
fous la voûte même, & les autres chez le Prince & la Princeffe qui
ont defiré de voir cet illuftre Académicien.

> « L'Homme, depuis Noé, s'afferviffant les mers,
> » Avoit fu rapprocher les bouts de l'Univers.
> » LAURENT, nous te devons un Art plus admirable.
> » La Terre, à ta voix, s'ouvre & devient navigable :
>
> » Les Échos ont porté ta gloire en Albion.
> » Vois ce jeune Héros cher à fa Nation,
> » Et celle dont l'hymen a fixé fon hommage,
> » Honorer tes travaux de leur jufte fuffrage.
> » Pourfuis, le feul afpect de l'œuvre de tes mains,
> » Plongera dans l'oubli les travaux des Romains ».

Mais ce qui ajoute infiniment à la gloire de M. LAURENT, &
ce qui pourra donner une idée de l'impreffion que produit l'afpect de
ces travaux, c'eft une lettre écrite de la part de M. le Duc & de
Madame la Ducheffe de CUMBERLAND à M. LAURENT, retenu par
une indifpofition à Paris, mais qui étoit alors fuppléé par M. DE
LIONNE, fon neveu, chargé de la conduite & de la direction du
travail pendant fa maladie.

A Reims, le 26 Septembre 1773.

«M O N S I E U R,

» Leurs Alteffes Royales, Monfeigneur le Duc & Madame la Du-
» cheffe de C U M B E R L A N D, m'ont expreffément chargé de vous
» informer qu'elles ont vu, avec autant de plaifir que d'admiration,
» la partie exécutée du Canal de Picardie. M. votre Neveu, qui leur
» montra les travaux avec beaucoup de politeffe & d'intelligence, a
» dû vous informer, Monfieur, que leurs Alteffes Royales déclarè-
» rent qu'il manquoit à leur fatisfaction de voir fur les lieux l'homme
» de génie qui avoit imaginé, conçu & fait exécuter un ouvrage fi
» utile à fa patrie & au commerce en général, & qu'elles témoignè-
» rent bien du regret de la caufe qui vous détenoit à Paris.

» Permettez, Monfieur, que je joigne ici les témoignages & les
» affurances des fentimens qu'un projet auffi hardi m'a infpirés. Je fais
» bien des vœux pour le rétabliffement d'une fanté auffi précieufe que
» doit être la vôtre à la France en général, & à la Picardie en
» particulier.

» J'ai l'honneur d'être, avec la confidération la plus diftinguée,

» M O N S I E U R,

» Votre très-humble & très-
» obéiffant ferviteur.

» *Signé*, PREVOST DE BELLINGE,

» *Lieutenant-Général des Armées*
» *du Roi d'Angleterre* ».

Il feroit inutile de rien ajouter à cet illuftre témoignage, qui fuffit
pour faire connoître quel caractère de génie eft empreint dans cette
grande entreprife.

EXTRAIT de la GAZETTE de FRANCE.

Du Lundi 18 Octobre 1773.

PIERRE-JOSEPH LAURENT, Chevalier de l'Ordre du Roi, Directeur Général des Canaux de Flandre & de Picardie, est mort ici, dans la cinquante-neuvième année de son âge. En annonçant, dans une de nos dernières feuilles, l'entreprise du Canal de Picardie, nous ne croyions pas que l'Auteur de ce grand projet dût sitôt terminer sa carrière. L'État perd un Citoyen utile, & les Sciences, un homme qui entendoit supérieurement la partie Méchanique.

EXTRAIT des ANNONCES & AFFICHES de PICARDIE, ARTOIS, &c. &c.

Du Samedi 23 Octobre 1773.

PIERRE-JOSEPH LAURENT, Écuyer, Chevalier de l'Ordre du Roi, Directeur-Général des Canaux de Flandres, Artois, Picardie & Bourgogne, est mort à Paris, le 12 de ce mois, dans la cinquante-neuvième année de son âge. La Nature, en lui donnant un génie élevé, un coup-d'œil juste, l'esprit de détails & de précision, sembloit l'avoir fait naître Ingénieur & Méchanicien. Sa vie fut une suite d'études, de travaux & de services en ce genre. Bon, sensible, bienfaisant autant qu'excellent Citoyen, il étendoit également la vue sur tout ce qui pouvoit être utile à sa Patrie & à l'humanité. De la même pensée dont il fondoit les mines du Pont-pean, il maîtrisoit les eaux qui les inondoient, & avec trois machines aussi simples qu'actives, les enlevoit de 240 pieds de profondeur, il arrangeoit les lames flexibles & mobiles, à l'aide desquelles il devoit faire mouvoir un bras ou un poignet artificiels. Sa dernière entreprife, celle du Canal fouterrain de Picardie, affure l'immortalité à fon nom. En regrettant cet homme, vraiment digne d'éloge, nous ne pouvons nous empêcher de rappeller la belle Épitre en Vers que lui adreffa, il y a quelques années, M. l'Abbé de LILLE. (*Voy. l'Élite des Poëtes fugitives*, tome premier, page 83, ARCHIMEDE NOUVEAU, &c. &c.) C'eft par cet encens pur & noble, donné par le talent au mérite diftingué, que s'accrcit & s'élève la gloire de l'un & de l'autre.

EXTRAIT de la deuxième Lettre de M. RIGAUT, Phyficien de la Marine, & Correfpondant de l'Académie Royale des Sciences à Saint-Quentin, inférée dans le N°. 50 du Mercure de 1780.

M. LAURENT DE LIONNE defirant de mettre le Miniftre à portée de connoître la quantité d'eau qu'on pouvoit efpérer pour alimenter le Canal fouterrain par celle qui s'y trouve déja, & qui ne forme pas la dixième partie de celle qui s'y raffemblera quand ce bel ouvrage fera achevé, NOS ORDRES PORTOIENT *de nous tranfporter au débouché du Canal fouterrain à Vend'huille, dont le niveau eft le même que celui du Tronquoi, afin de conftater ce fait autant qu'il étoit poffible.*

Arrivés à Vend'huille, nous trouvâmes, 1°. l'ouverture du Canal fouterrain entièrement fermée par l'éboulement des terres voifines, parce qu'elles n'étoient pas foutenues ainfi que celles du débouché du Tronquoi, lors de la ceffation totale des travaux; 2°. que l'eau fortoit de la galerie fouterraine, *qui n'eft encore percée que fur mille toifes de longueur dans cette partie,* par plufieurs endroits au travers de cette maffe confidérable de terres; 3°. que cette eau, raffemblée à trente ou quarante toifes de-là dans le Canal à ciel découvert, formoit un ruiffeau d'environ deux toifes de largeur fur quinze pouces réduits de profondeur, & *dont la vîteſſe dans le milieu étoit de trois toiſes dans l'eſpace de onze ſecondes*, ce qui eſt un peu plus de dix-neuf pouces par ſeconde. Nous obſervâmes encore, en ſuivant le Canal à découvert du côté d'Honnecourt, que la largeur du ruiſſeau augmentoit, ainſi que la vîteſſe de l'eau, à meſure que nous nous éloignions de l'embouchure du ſouterrain, par la grande quantité de ſources collatérales qui s'y trouvent ; & qu'enfin, la vîteſſe de l'eau de ce ruiſſeau à l'endroit où elle traverſe, au moyen d'un rigole de cinq pieds de largeur, la digue droite du Canal à découvert pour aller ſe jetter dans l'Eſcaut, à ſept à huit cent toiſes de l'entrée du ſouterrain, étoit de près de quatre pieds par ſeconde ſur près de deux pieds de profondeur, ce qui nous détermina à conclure *que, lorſque le Canal à ciel découvert ſera creuſé à la profondeur requiſe dans cette partie, le Canal ſouterrain, ſans avoir égard à la quantité d'eau conſidérable qu'il recevra dans preſque toute l'étendue de ſa longueur par la nappe d'eau du pays qui lui eſt ſupérieure, recevra du Canal découvert aſſez d'eau pour y entretenir la Navigation ſans avoir recours à l'eau de l'Eſcaut, que feu M. Laurent s'eſt mis dans la puiſſance de prendre en tout ou en partie* (1)*, dans le cas où celle des ſources intérieures de la galerie & celles dont on vient de parler, ne ſuffiroient pas.*

Telles ont été, Monſieur, nos opérations, &c, &c.

COMPARAISON de la quantité d'eau jugée néceſſaire pour la navigation du pont de partage du Canal ſouterrain de Picardie, avec celle trouvée le 23 Février 1781.

UN Corps très-ſçavant que M. LE DIRECTEUR GÉNÉRAL des Finances a conſulté ſur la poſſibilité de l'exécution du Canal ſouterrain de Picardie, a jugé qu'elle ne dépendoit que du vo-

---

(1) Il n'y a rien dans le Projet de M. LAURENT, qui ne porte l'empreinte du génie. Cette ſage précaution en eſt une preuve ſans réplique.

ſume des eaux qu'on pouvoit réunir à ſon point de partage, & a eſtimé qu'il en falloit une quantité de 900 pouces (1), tant pour alimenter la Navigation que pour réparer les pertes & évaporations, ci, ... 900 pouces.

Ce Miniſtre a en conſéquence chargé deux Ingénieurs du plus grand mérite (MM. DE CHEZY & DE VARENNES), d'aller vérifier ſi cette quantité d'eau exiſtoit & ils en ont trouvé le 23 Février dernier, tant dans le ſouterrain à Magny la Foſſe, & Vend'huille (2), que dans l'Eſcaut au-delà de ce Village, ci. 6000

Superflu, le 23 Février 1781. 5,100

Quand on ſuppoſeroit (*ce qui n'a jamais été & ne ſera jamais*), que les eaux de l'Eſcaut & du Canal ſe réduiſiſſent chaque année pendant trois mois *à la vingtième partie de ce qu'elles étoient le 23 Fevrier dernier*, ou à 300 pouces, & qu'il y eut par conſéquent pendant ce tems un déficit chaque jour de 600 pouces ou de 1600 toiſes cubes, il ſeroit très-facile de former de chaque côté du Canal, depuis le Catelet juſqu'à Vend'huille & juſqu'au Moulin de la Foſſe, différents réſervoirs dont la ſurface domineroit, autant qu'on le voudroit, le point de partage du ſouterrain, *& dans leſquels on pourroit amaſſer en Hyver au moins 600,000 toiſes cubes d'eau, quantité ſuffiſante pour remplacer pendant plus d'un an le déficit ſuppoſé ci-deſſus & qui n'exiſtera jamais de ſeize cent toiſes par jour.*

---

(1) Ces 900 pouces donnent 2400 toiſes cubes par jour, dont 900 pour le paſſage journalier de 10 bateaux dans le ſouterrain, & 1500 pour les pertes, évaporations, &c. &c.

(2) La galerie de ce côté, (*comme du côté du Tronquoy*,) eſt obſtruée, & n'eſt encore ouverte que ſur 1000 toiſes de longueur, à 20 pieds ſeulement au deſſous de l'ancienne nappe d'eau du pays; il en reſte encore 1000 toiſes à ouvrir à 30, 40 & 50 pieds au-deſſous de cette même nappe d'eau.

COPIE *d'une Lettre écrite à M.* LAURENT DE LIONNE *par M. Frédéric* ROMBERG, *Banquier & Négociant à Bruxelles.*

Bruxelles, ce 18 *Mars* 1781.

CE que vous me mandez, Monfieur, des difpofitions favorables de SA MAJESTÉ fur le Canal fouterrain de Picardie, me fait le plus grand plaifir, non-feulement par l'intérêt particulier que je prends à ce qui vous regarde, mais auffi à caufe des avantages immenfes que le commerce de LA FRANCE, AVEC LES PAYS BAS AUTRICHIENS, LA ZÉLANDE, LA HOLLANDE & tout le Nord, doit en retirer, & de l'utilité particulière en outre dont cette communication fera pour ma maifon de commerce, & expédition de BRUXELLES, & pour celles que j'ai établies à OSTENDE, BRUGES & GAND, qui feules peuvent, tant en paix qu'en guerre, entretenir une navigation floriffante fur ce Canal.

J'apprends auffi avec bien de la fatisfaction que MM. les Ingénieurs des Ponts & Chauffées reconnoiffent la poffibilité du Projet de feu M. votre Oncle, & que les Commiffaires de ce Corps qu'on y a envoyé en dernier lieu, en ont rendu un compte très-favorable, tant relativement à la folidité du terrain, que relativement à la quantité d'eau néceffaire pour le nourrir, & je ne doute pas qu'un Miniftre, du mérite de M. NEKER, ne nous autorife bientôt à continuer un ouvrage auffi important. *Voilà, Monfieur, deux points bien effentiels à votre affaire de prouvés,* L'UTILITÉ & la POSSIBILITÉ. A l'égard de la dépenfe, vous favez ce que j'ai eu l'honneur de vous dire là-deffus, ainfi qu'à M. NEKER & à M. le Marquis DE CASTRIES, & vous ne devez pas douter de tout mon empreffement à feconder votre famille dans une entreprife, *qui, en me*

*procurant à moi particulièrement de grands avantages pour mon com-
merce avec la France, ne peut être que très-honorable pour vous & pour
moi, ainsi que pour tous ceux qui y auront coopéré. C'est dans ces fen-*
timens invariables que je ferai toujours, Monfieur, &c.

Signé, F. ROMBERG.

LISTE ABRÉGÉE

*Des Perfonnes qui ont vifité le CANAL fouterrain de PICARDIE, depuis
qu'il eft commencé, & au témoignage defquels M. LAURENT DE
LIONNE en appelle avec confiance fur le froid qu'on a long-tems
affuré qui y régnoit.*

MONSEIGNEUR le Comte D'ARTOIS, Frère du ROI,
(en Août 1774.)

A.

M. D'AGAY, *Intendant d'Amiens.*
M. D'AGAY DE MUTIGNEY, *Maître des Requêtes.*
M. le Chevalier D'AGAY, *Sous-Lieutenant des Gardes du Corps.*
M. D'AGUESSEAU, *Doyen des Confeillers d'Etat.*
M. le Comte D'AFFRY, *Lieutenant-Général des Armées du Roi.*

B.

M. DE BACQUENCOURT, *Confeiller d'Etat.*
M. BERTIER, *Intendant de Paris.*
M. DE BONNEUIL, *Préfident au Parlement de Paris.*
M. le Baron de BARTILLAT, *Officier aux Gardes Françoifes.*
M. le Baron DE BLOME, *Envoyé extraordinaire de Dannemarck.*
M. le Comte de BRIENNE, *Lieutenant-Général des Armées du Roi.*
M. DE BRIENNE, *Archevêque de Touloufe.*
M. DE BOURDEILLES, *Evêque de Soiffons.*
M. DE BRY, *Ingénieur des Ponts & Chauffées.*

M. DE BELLEISLE, *Capitaine au Corps Royal du Génie.*

M. DE BRY , *Subdélégué de l'Intendance d'Amiens.* (Les 11 , 12 & 13 Juillet 1780.

C.

M. le Duc & Madame la Duchesse de CUMBERLAND, Frère & Sœur du Roi d'Angleterre , (en Septembre 1773.)

M. le Marquis DE CASTRIES , *Ministre & Secrétaire d'Etat.*

M. DE CALONNE , *Premier Président au Parlement de Flandres.*

M. DE CALONNE , *Intendant de Lille.*

M. CHAUMONT DE LA MILLIERE , *Maître des Requêtes.*

M. le Duc DE CROY , *Lieutenant-Général des Armées du Roi.*

M. le Prince DE CROY , *Colonel du Régiment de Normandie , Cavalerie.*

M. le Duc de CROY D'HAVRÉ , *Colonel du Régiment de Flandres , Infanterie.*

M. le Marquis DE CONDORCET , *de l'Académie Royale des Sciences.*

M. le Marquis DE CAULAINCOURT , *Colonel du Régiment de Rohan-Soubise.*

M. DE CESSART , *Ingénieur des Ponts & Chaussées.*

M. le Comte DE CREUTZ , *Ambassadeur extraordinaire de Suède.*

M. CHOTINSKY, *chargé des Affaires de Russie.*

M. DE CONWAY, *Lieutenant-Général au service d'Angleterre.*

M. DE CONZIÉ , *Evêque d'Arras.*

M. DE CHEZY , *Ingénieur des Ponts & Chaussées.* (Les 21 , 22, 23 & 24 Février 1781.)

M. CHABAUD , *Capitaine au Corps Royal du Génie.*

M. le Marquis DE CHABRILLANT, *Colonel du Régiment de Barrois.*

M. DE CUSSEY , *Capitaine au Corps Royal d'Artillerie.*

D

M. DEVAULT , *Lieutenant-Général des Armées du Roi.*

M. DE DILLON , *Archevêque de Narbonne.*

M. le Prince DORIA PAMPHILI , *Nonce de Sa Sainteté en France.*

M. le Chevalier DUPLESSIS , *Officier aux Gardes Françoises.*

F.

M. FOULON, *Conseiller d'État.*

M. FRAZER, *Commissaire de Sa Majesté Britannique à Dunkerque.*

G.

M. le Duc & Madame la Duchesse DE GLOCESTER, Frère & Belle-Sœur du Roi d'Angleterre.

M. le Marquis DE GONTAUT, *Colonel du Régiment de Royal-Dragons.*

M. le Baron DE GOLTZ, *Ministre plénipotentiaire de Sa Majesté le Roi de Prusse.*

M. GROIGNARD, *Ingénieur-Général de la Marine.*

M GUILLAUMOT, *Intendant des Bâtimens du Roi.*

M. le Comte DE GUÉBRIANT, *Colonel du Régiment de Penthièvre, Cavalerie.*

M. le Marquis DE LA GRANGE, *Lieutenant-Général des Armées du Roi.*

Madame la Marquise DE GENLIS.

H.

M. le Marquis D'HAUTEFEUILLE.

M. HARVOIN fils, *Receveur-Général des Finances.*

J

M. JULLIOT, *Capitaine au Corps Royal & du Génie.*

K.

M. KARSACOFF, *Capitaine du Génie au service de Russie.*

L.

M. DE LIMAY, *Inspecteur des Ponts & Chaussées.* (Le 21 Septembre 1780).

M. le Duc DE LAUZUN, *Colonel de la Légion de ce nom.*

M. LELEU l'aîné, *Secrétaire de la Chambre du Commerce d'Amiens.*

M. le Marquis **DE LANGERON**, *Lieutenant-Général des Armées du Roi.*

M.

M. DE MEILHAN, *Intendant de Valenciennes.*

M. DE MORFONTAINE, *Intendant de Soiffons.*

M. DE MEULAN D'ABLOIS, *Intendant de la Rochelle.*

M. le Comte DE MAILLEBOIS, *Lieutenant - Général des Armées du Roi.*

M. MARRIER DE LAGATINERIE, *Ingénieur de la Marine.*

Lord MANSFIELD.

M. DE MAZIROT, *Maître des Requêtes.*

M. MANDOUX, *Ingénieur des Ponts & Chauffées.*

M. MAGIN, *Capitaine au Corps Royal du Génie.*

N.

M. DE NEVEROFF, *Ingénieur au fervice de Ruffie.*

M. l'Abbé NICOLY, *Envoyé du Grand Duc de Tofcane.*

P.

M. DE LA PORTE DE MESLAY, *Intendant de Nancy.*

M. PREVOST DE BELFANGE, *Lieutenant-Général au fervice d'Angleterre.*

M. DE POMMEREUX, *Capitaine au Corps Royal d'Artillerie.*

R.

Madame la Princeffe DE ROHAN-GUEMENÉE. (En 1779.)

Mademoifelle DE ROHAN-GUEMENÉE. (En 1779.)

M. le Duc DE LA ROCHEFOUCAULT, *Colonel du Régiment de la Sarre.*

M. RIGAUT, *Phyficien de la Marine, & Correfpondant de l'Académie Royale des Sciences.* (Les 11, 12 & 13 Juillet 1780.)

M. ROMBERG, *Négociant à Bruxelles.*

S.

M. le Maréchal Prince DE SOUBISE. (En 1774.)

M. le Vicomte DE SARSFIELD, *Maréchal de Camp.*

M. l'Abbé DE SIOUGEAT, *Aumônier Honoraire de MADAME.*

Lord STORMONT, *Ambassadeur d'Angleterre en France.*

M. le Marquis DE SPINOLA, *Ministre plénipotentiaire de la République de Gênes.*

M. DE SONOLEY, *Capitaine au Corps Royal du Génie.*

T.

M. TABOUREAU DES REAUX, *Conseiller d'Etat.*

M. TABOUREAU DE VILLEPATOUX, *Lieutenant-Général des Armées du Roi.*

M. TURGOT, *Conseiller d'Etat.*

M. TRESAGUET, *Inspecteur des Ponts & Chaussées.*

M. DE LA TOUCHE, *Ingénieur des Ponts & Chaussées.*

M. le Duc DE LA TRÉMOILLE, *Maréchal des Camps & Armées du Roi.*

V.

M. le Duc DE LA VAUGUYON, *Ambassadeur de France en Hollande.*

M. DE VARENNES, *Ingénieur des Ponts & Chaussées.* (Les 21, 22, 23 & 24 Février 1781.)

M. DE VALSAIN, *Capitaine au Corps Royal d'Artillerie.*

ADDITION.

Pages 13, 14, 15 & 16, Note 2, *AJOUTEZ aux raisons qui doivent faire préférer le flottage par l'Escaut jusques au bas de la poste de Bonavis à celui proposé de Landrecy à la Fere :*

1°. Qu'il est impossible de remonter la MEUSE avec des Flottes de mâts, à cause de son extrême largeur qui ne permet pas sur une très grande étendue le tirage avec des chevaux, *& sur tout à cause de son extrême rapidité.*

2°. Que le lit de la MEUSE depuis la HOLLANDE jusques à NAMUR, & celui de la SAMBRE depuis NAMUR jusques en FRANCE, traverse une infinité de Dominations, Principautés, & Seigneuries différentes, qui toutes ont, sur la navigation de ces deux rivières, des droits considérables, *dont il est impossible d'obtenir l'exemption, AU LIEU QUE la navigation de l'Escaut & de la Lys, depuis Anvers & Gand jusques en France, ne passe que sur la domination de L'EMPEREUR.*

3°. Enfin, que par la MEUSE & la SAMBRE, *les mâts auroient 30 lieues de plus au moins à faire de* DORDRECTH *à la* FERE, que par l'Escaut & le Canal CROZAT.

F I N.

Lu & approuvé, ce 29 Mars 1781, DE SAUVIGNY.
Vu l'Approbation, permis d'imprimer, ce 4 Avril 1781, LE NOIR.

De l'Imprimerie de C A I L L E A U, rue Saint-Severin.